두보(杜甫) 형에게

공구(孔丘), 도척(盜跖)이 모두
한가지로 진애(塵埃)일 뿐이라
하셨는가

말씀은 바로 하셨네만,
나는
도척(盜跖)이 되기보다
공구(孔丘)가 되고 싶네

공구(孔丘) : 공자(孔子)
도척(盜跖) : 공자와 같은 시대의 큰 도적

저자의 약력

· 생년월일 : 1934. 7. 22
· 출생지 : 대구시 칠성동 151번지
· 출신교 : 김천중앙초등학교, 김천중학교, 김천농고
· 대한민국 육군사관학교 졸업(14기)
· 육군 소장으로 예편
    - 화랑무공 훈장
    - 보국훈장 삼일장
    - 보국훈장 천수장
    - 대통령 표창
· 한국소비자보호원 감사

이·용·수·시·집

미궁에도 미로가 있다

부활

착하게 살자며 여기까지 왔습니다
뜻 있게 살자며 여기까지 왔습니다
잘 살아 보자며 여기까지 왔습니다

갈 길 멀어 바라보니
저녁 놀 탑니다

– 저녁 놀

한누리
미디어

차례

미궁에도 미로가 있다

차례

차례

미궁에도 미로가 있다

차례

6부 빈방

7부 노정

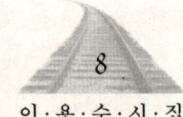

차례

차례

9부 우리의 통일

제1부

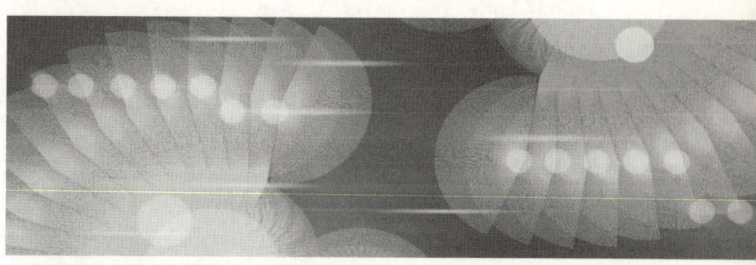

행복한 가정

들국화

꽃 피는 봄철에 꽃 한 송이 못 피워

정원(庭園)에 나오려
나오려 하여도 나오지 못하고
풀밭에 그냥 서서
어려운 여름날을 애써 살더니

하늘 높고 바람 맑은 한가을에
기어이
황금 같은 꽃송이들
피워 냈구나

찬란한 빛깔과 품 높은 향기를 위하여
아침 이슬 차가워질수록
시퍼렇게 살아나는
잎사귀가 나는
꽃보다 좋구나

행복한 가정

아버지는 사랑하고 아들은 효도하며
형은 우애 있고 아우는 공경하며
남편은 온화하고 아내는 유순하며
시어머니는 인자하고 며느리는 순종하니

어떤 어려움이 이 가정을
불행하게 만들까?

연모(戀慕)

부드럽고 아름다운, 저 여자의 미소를 보라
어찌 연모하지 않을 수 있겠는가?

부드럽고 아름다운, 저 여자의 말소리를 들어 보라
어찌 연모하지 않을 수 있겠는가?

부드럽고 아름다운, 저 여자의 모성(母性)을 보라
어찌 연모하지 않을 수 있겠는가?

오, 신이여
저 여자를 나의
반려자로 만들어 주소서

평생, 저 여자를 위하여
모든 것을 바치겠나이다

천국(天國)은 미래에 있는 것이 아니다

나의 신혼은 단칸방 셋방살이,
경북 영천의 언덕배기, 미음(ㅁ)자 집채에서
주인이 사는 니은(ㄴ)자 집채의 오른쪽 끝 방,
그곳이 잊을 수 없는 나의 신혼 방이었어요
맞은편 별채엔 행정학교 소령님이 살고
오른쪽 별채엔 정보학교 우리 과장님이 사셨어요
나는 정보학교 교관 육군 중위,
문을 열면 서로 보이니
집집마다 서로 발을 쳐 놓고 살았어요

나의 신부,
빨간 저고리, 파란 양단 치마에 하얀 앞치마를 두르고
뒷처마를 달아내어 만든 부엌을 오갈 때마다
이 신부에게 온 집 안의 시선이 집중되었어요

방안도 궁금하여 모두 다 힐끔힐끔 들여다보았어요
방안엔 신부의 빨간 경대 하나와 내 책상 하나가
덩그러니 놓여 있을 뿐, 벽에는 신부 옷 몇 벌과
내 군복 한 벌 걸어 놓고, 신부가 수놓아 가져온
횟대보로 가려 놓았어요

미궁에도 미로가 있다

아름다운 나의 신부,
아침에 일어나면 모닝커피,
휴일엔 날 눕혀 놓고 면도도 해 주었어요
저녁에 나 돌아오면, 세숫대야 물 떠 와
내 발 닦아 주었어요
앞집의 맘보 사모님, 옆집의 과장님 사모님이
많이도 샐쭉거렸어요
시장엘 신랑 신부 함께 나가면
모두들 부러워 했어요

오늘,
텅 빈, 아파트 넓은 거실에 앉아서
관절염으로 고생하는 늙은 아내의
무릎을 만져 주며
행복했던
그때를 생각해 보니
'천국(天國)은 미래에 있는 것이 아니며
높은 곳에 있는 것도 아니다'

유순한 말소리

좀 추운 일요일 아침에
조금은 늦잠을 자다가

따사한 햇살 비치는
창가에 마주 앉아

따끈한 커피 한 잔
앞에다 놓고

아내의 유순한 말소리에
남편의 온화한 말소리라

창 밖에 까치들
샘내며 지저귄다.

커피도
인생도
쓰고 달고는
우리가 서로
하기 나름 아닐까?

부부싸움

누구에게 그렇게 마음 놓고
화를 낼 수 있겠습니까?

누구에게 그렇게 마음 놓고
큰 소리 칠 수 있겠습니까?

누구와 그렇게 자주
싸울 수 있겠습니까?

누구와 싸워 그렇게
정(情)이 들 수 있겠습니까?

한 편이 신경질 참지 못하면
다른 한 편이 상대를
첫날 밤처럼 꼭 껴안고
덩더쿵 덩더쿵 소리가 나도록
적당히 맞아 보세요

제2부

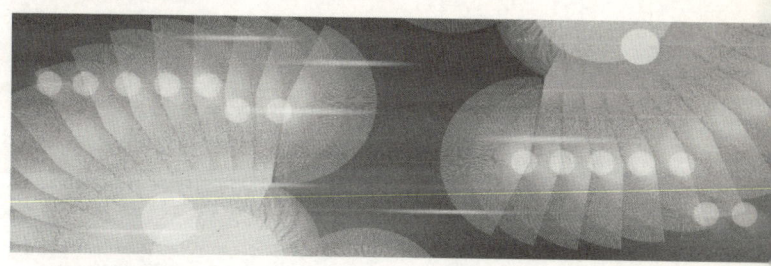

봄비

봄비

봄이 오나 봅니다.
창 밖에 봄비가 내립니다.

지난날에
아쉽게 보내 버린 봄날이
순환열차처럼 돌아서
다시 오나 봅니다.

푸시킨이 노래했던가요,
'지나가 버린 것은
그리운 것이 된다' 고

어려웠던
지난날의 그리움이
봄이 오는 기쁨보다
앞을 섭니다.

이·용·수·시·집

아카시아 꽃

내가 꽃이라면,

작고 못나도 높다란 나무 위에
청순(淸純)하게 피어서
눈부신 햇살과 꿀벌을 반겨서
가진 것 다 내어주고도
그 향기 그윽하여
모두가 우러러 쳐다보는
아카시아 꽃이고 싶다.

떠날 때는
한낱 미련도 없이 깨끗하게
청순한 그 모습, 그 향기 그대로
흰 눈처럼 떨어지는
아카시아 꽃이고 싶다.

미궁에도 미로가 있다

벤치

공원에 가면 벤치가 있다
요즘엔 길가에도 벤치가 있어서
피곤한 사람들이 한참씩 쉬었다 간다

기대 앉아 가만히 생각하니
벤치보다 쓸모가 없는 사람

어찌하면 나도 누구에게
벤치 하나 될 수 있을까

이·용·수·시·집

반추(反芻)

느티나무 그늘 아래서
늙은 황소가 우물우물
반추(反芻)를 즐기고 있다

얼마나 여유로운가
얼마나 평화로운가
천명(天命)을 다 안다는 듯이

내가 공원 벤치에 앉아
지난 날을 반추하듯이

저녁 놀

착하게 살자며 여기까지 왔습니다
뜻있게 살자며 여기까지 왔습니다
잘 살아 보자며 여기까지 왔습니다

갈 길 멀어 바라보니
저녁 놀 탑니다

이·용·수·시·집

그때 생각

그때에도
소쩍새가 울었답니다

그때에도
뻐꾸기가 울었답니다

오늘은
새 울음 따라
나도 웁니다

그때가 생각나서
따라 웁니다

미궁에도 미로가 있다

그리움

당신은 늘
내 앞에 있었습니다

그런데,
언제부터인가 당신은
나의 뒤에서 나를
부르고 있습니다

아, 어찌 하여야 합니까? 나는
되돌아가고 싶어도
되돌아갈 수가
없습니다

비탈길

넘어지며 일어서며 걸어온 비탈길,
폭풍우 휘몰아칠 때에도
울지는 안 했습니다

미끄러지며 일어서며 걸어온 비탈길,
배고파 힘이 없어도
울지는 안 했습니다

이제는 눈물이 납니다
걸어온 비탈길 뒤돌아 볼 때마다
눈물이 납니다
그때가 아름답고 그리워서
눈물이 납니다

미궁에도 미로가 있다

장맛비

비가 또 옵니다

어제도 오더니 오늘도
그치는 듯하다가도
또 옵니다

이제는 먼 추억이언마는
그때도 오늘처럼 온종일
비만 왔습니다

슬픈 그리움 남겨 놓고
세월도 빗물처럼 빠르게
흘러 갑니다

울적한 내 마음 적시며
비가 또 옵니다

코스모스 꽃 피네

여름이 간다며 코스모스 꽃 피네
가을이 온다며 코스모스 꽃 피네

높푸른 하늘, 흰 구름에 화사한 꽃빛이여
여름 가고 가을 오는 것이 그리도 좋은가
춤을 추면서 코스모스 꽃 피네

여름 가고 가을 오면
가을 또한 이내 가는 것
가을 가면 코스모스 꽃 또한 지고 마는 것
아, 서글픈 내 마음이여
꽃이야 피고 지고 계절은 다시 돌아온다지만
흘러가는 세월은 어디서 또 만날꼬?

풀잎은 벌써 말라 가기 시작하는데
춤을 추면서 코스모스 꽃 피네

코스모스 꽃 피네

제3부

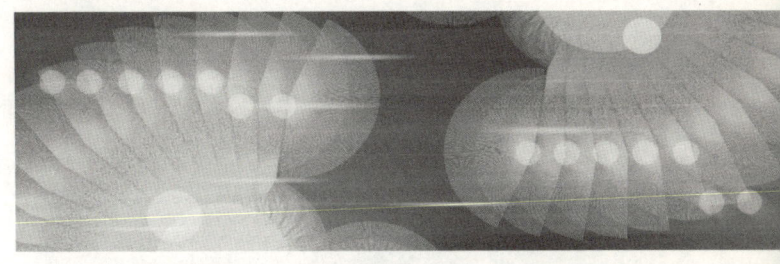

미궁에도 미로가 있다

운명(運命)

1
'이것이 나의 운명인가?' 하며
울고 싶을 때가 있습니다

'이것이 나의 운명인가?' 하며
죽고 싶을 때가 있습니다

'이것이 나의 운명인가?' 하며
불끈 일어설 때에
운명은 확
바꾸어 버립니다

2
사람은 나무와 달라서
움직일 수 있습니다

계곡에서 산 위로 오를 수도 있고
산 위에서 바다로 내려올 수도 있으며

바다를 건너 신대륙을
찾아갈 수도 있습니다

물구나무서기

물구니무서기를 해 보렴
물구나무서기를 해 보면
거대한 지구도
그대 두 손으로
들어올릴 수 있지

물구나무서기를 해 보렴
물구나무서기를 해 보면
저 높은 은하수도
그대 발 밑에 있지

인생은 선택이야

인생은 선택이야
운명이 아니야
담배를 피울까, 끊어 버릴까
공부를 할까, 잠을 자 버릴까
아침에 일어나 잠잘 때까지
수없이 선택을 하는 거야

인생은 선택이야
운명이 아니야
사업을 할까, 정치를 할까
계속해서 해 볼까, 그만두어 버릴까
이 사람을 선택할까, 저 사람을 선택할까
이리 갈까, 저리 갈까
태어나서 죽을 때까지
수없이 선택을 하는 거야

운명이란 선택의 열매,
선택이 미래의
운명을 결정하지

미래의 운명 또한 갈림길이지

언제나 그 중에서 최신의 것을
선택하면 되는 거야

인생은 선택이야
운명이 아니야

인생은 선택을
잘 해야 해

미궁에도 미로가 있다

어찌하다가 미궁에 빠져
죽고 싶은 사람아,
모든 것을 쉽게
포기하지 말거라

미궁에도 미로가 있나니
그 미로를 따라
희랍의 '테세우스' 처럼 지혜롭게
빠져 나오거라

하늘은 원망하지 말거라
하늘이 모든 것을 만들었다 해도
하늘은 그대 하나만을 위하여
작용할 수 없는 법

모든 것은 원인이 있고
모든 것은 그 원인의 탓이로다

눈물을 흘리며 기도해 보라
원인을 찾아라
지혜를 얻으라

길이 보이리라

미궁에도 미로가 있나니
그 길을 따라 지혜롭게
빠져 나오거라

걸으면서 생각해 보세요

답답하고 풀리지 않을 땐
걸으면서 생각해 보세요

앉아서 생각하면
불안하고 초조할 때도
걸으면서 생각해 보세요

지난 날의 그리운 추억에
눈물 흘릴 땐
앉아서 생각하고

해답(解答)을 생각할 땐
천천히 걸으면서
생각해 보세요

죽고 싶을 때도
천천히 걸으면서
다시 생각해 보세요

숨어 있던 지혜가
머리 속에 떠올라요

신(神)의 축복

기쁨도
슬픔도
신(神)의 축복인가요

기쁨 뒤에 슬픔이 오고
슬픔 뒤에 기쁨이 옵니다

부활

나는 밤마다
눈을 감고 죽어서
저승을 여기저기 다니다가
아침이면 눈을 뜨고
부활합니다

일 년이면
삼백 예순 다섯 번을
부활합니다
이 얼마나 다행한 일입니까?

현실이
아무리 아프고 힘들지라도
아침마다 저 찬란한 태양과 함께
아, 부활하는 이 기쁨!

사랑하렵니다, 이 세상을
고통과 슬픔까지도

겁내지 않으렵니다
내가 마지막 눈을 감을 때에도
밤에 눈을 감을 때처럼

춘산만보(春山漫步)

깊은 산 속
진달래 꽃잎 예쁘게 피어나는
솔밭의 사잇길을
천천히 걸어가면
멀리서 찾아오는
무념(無念)의 즐거움

깊은 산 속
진달래 꽃잎 곱게 피어나는
솔밭의 사잇길에
황혼이 짙어지면
만물(萬物)이 조용한
적멸(寂滅)의 기쁨이여

제 4 부

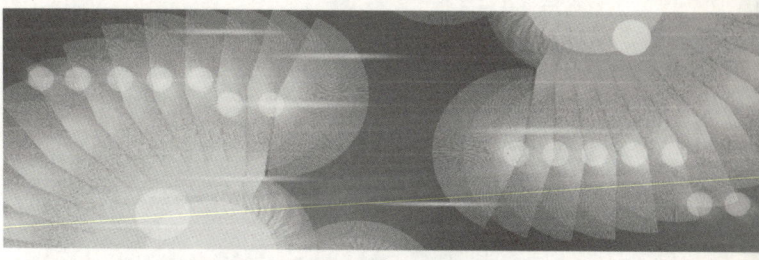

낚시꾼과 물고기

낚시꾼과 물고기

옛날, 옛날 어느
현자(賢者)가 있어,

"낚싯밥이 크면 큰 고기가 물고
낚싯밥이 작으면 작은 고기가 물고

사람도 이와 마찬가지니라" 하더니

사람들이 제마다
물고기가 되었다가
낚시꾼이 되었다가
하는구나.

인터체인지

인터체인지 들어가는 사람아
잘 보고 운전하소

남쪽으로 들어간다고 다 부산 가는 길이 아니고
북쪽으로 들어간다고 다 서울 가는 길이 아니라오

북쪽으로 들어가야 부산 가는 길이 되는 곳도 있고
남쪽으로 들어가야 서울 가는 길이 되는 곳도 있소

미궁에도 미로가 있다

파도의 집념

파도의 희망은 무엇인가?

파도의 집념은 무엇인가?

날마다 날마다
쉼없이 달려오는
저 파도의 집념

올 때마다 올 때마다
바위에 부서지는
저 파도의 아픔

피장파장

달면 삼키고
쓰면 뱉어 버리는
사람들, 사람들

따뜻하면 모여들고
추우면 떠나 버리는
사람들, 사람들

내가 담긴 그릇

거울을 보자
내가 담겨 있는
그릇이 보인다

못 생겼다
실망을 말자

뚝배기보다
장맛 아니겠는가?

여유

어느 만남에서
좀더 느긋하게
기다려 봤더니

만나고픈 사람이
저 멀리서
소리치며 반갑게
뛰어오더라

좀더 노력하면은
오지 않던 행운도
이처럼 좀 늦게라도
소리치며 반갑게
뛰어오지 않을까

다음 차

이번 차 만원이면
다음 차는
텅텅 비어 올 때가 있어요
다음 차가 아니면
그 다음 차가

급박(急迫)하지 않으면
다음 차를,
또 아니면 그 다음 차를
기다려 보세요

가을에 아름답게 피는
꽃들을 보세요

신발

아무리 신발이 많다 해도
내 발에 맞지 않으면
소용 없어요

아무리 신발이 비싼 것이라 해도
내 발에 맞지 않으면
소용 없어요

미궁에도 미로가 있다

비밀

이 방 안엔 아무도 없습니다
당신과 나밖에는

이 일은 아무도 모릅니다
당신과 나밖에는

그래서 이 일은
비밀이 아닙니다

이상한 메아리

내가 남에게 덕담을 하면
그것은 곧 덕담으로 나에게 되돌아오고
내가 남에게 칭찬을 하면
그것도 그대로 나에게 되돌아옵니다

그런데,
내가 남에게
섭섭한 말씀을 하게 되면
그 한 마디는 왜
더 크게 불어나서
두고두고 자꾸자꾸
되돌아옵니까?

미궁에도 미로가 있다

그런 말

폐부를 찌르는 듯
아픈, 내 마음의 상처
주신 분 용서하느라
차를 타고 가다가도
문득
눈물을 삼킵니다

모든 것이 내 탓이라며
입술을 깨물며 용서해 보지만
왜 이리 힘이 듭니까

나는 아무에게도
그런 말은
하지 않으렵니다

송별회

나, 그때를 잊지 못하는 것은
그날 베풀어 주신
푸짐한 만찬 때문이 아닙니다

나, 그때를 잊지 못하는 것은
그날 나에게 안겨 주신
값비싼 선물 때문이 아닙니다

그날 나에게 건네 주신
진정 아쉬운 눈빛과
따스한 말씀 한 마디 때문입니다

제5부

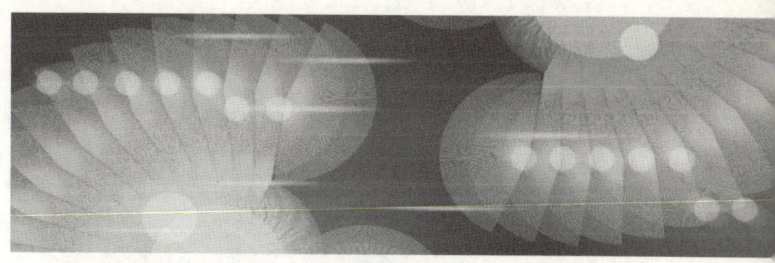

생각하는 사람

생각하는 사람

로댕은 19세기 후반 어느 날 아침부터
쪼그리고 앉아서 턱을 공군 채
아직도 깊고 깊은
생각 중이다.

왜 사는 걸까?
왜 죽는 걸까?
어떻게 살아야 하는 걸까?

만세(萬世)가 흐른 뒤에도 조렇게
생각하고 있을 건가?

山은 山이요
물은 물인 것을.

풍경(風磬)

풍경 하나가
대웅전 처마 끝에 높이 매달려
법(法)을 설(說)하고 있다

바람이 지나가야
흔들리고
흔들려야 소리가 난다

땡그렁 땡그렁

소리가 맑아서
마음도 맑아진다

누가 풍경 하나를
저기 매달아
저 소리 듣는다

세상의 이치를
설(說)하고 있다

미궁에도 미로가 있다

하늘과 천둥 번개

평소 하늘 한 번
쳐다보지 않던 사람들은
천둥과 번개가 세차게 쳐서야
하늘이 존재(存在)한다는 것을
비로소 안다

평소 늘
하늘을 깔보던 사람들은
천둥 번개가 세차게 쳐서야
하늘의 무서움을
비로소 안다

그러나
하늘은 그것들을
개의치 않는다
그저 하늘은 하늘로서
존재(存在)할 뿐이다

겨울 산새 한 마리

흰 눈 덮인 겨울 산에
산새 한 마리
눈 녹은 양지쪽 바위 밑에서
바스락 바스락 가랑잎 헤집다가
나를 보았네

이 추운 해거름에
나는 집으로 가는데
너도 집으로 가야지

집에 가서
'왜 사는지?' 는
생각질 말자

등산

山에 올라
山을 봅니다

山에 올라
하늘을 봅니다

나는 모릅니다
높이 오를수록
山은 왜
점점 작아지는지

높이 오를수록
하늘은 왜
더욱더 아득해지는지
나는 모릅니다

부처님의 한 말씀

부처님이
말씀하셨대요

"사람이 기도한다 해서
저 연못 속의 큰 돌이 물 위로
떠오르겠는가?"

"사람이 치성을 드린다 해서
저 연못 위에 뜬 기름이 물 속으로
가라앉겠는가?"

이 지당한 진리의 말씀을
나도 누누이 강조해 보지만
"너는 부처가 아니다" 하며
듣지도 않고 그냥
웃고 말지요

나는 말하지요
"이길려거든 실력을 길러라"
"성공을 하려거든 지혜를 얻으라"
"지혜를 얻을려거든 궁리를 하라"
"마음의 진정과 다짐, 용기를 위해서는 기도를 하라"

미궁에도 미로가 있다

기도의 장소

가족이 집에서 숨넘어가는데
교회 가서 기도하는 사람 있을까?

자식의 시험 합격을 기도할려거든
자식의 손을 잡고 기도하라
자식은 딴 짓을 하고 있는데
부모만 밤새워 기도한들 무엇하겠는가

안전 운전을 기도할려거든
우선, 차의 안전 점검부터 하고
그 연후에,
운전대를 잡고 기도하라
운전하면서도 기도하라
법당에 나가 부처님께 자주 절한다고
교회에 나가 하나님께 자주 기도한다고
부처님과 하나님이
음주운전을 봐주시겠는가?

외롭고 슬프고 산란한
내 마음을 다스리고
기(氣)를 얻고

지혜를 얻기 위하여는
성스런 기도도량보다
더 좋은 곳이 없겠지

무죄(無罪)

1

"여우야, 여우야
너는 와
여우가 되었노?"

"우리 엄마가
여우 아잉교."

2

"뱀이야, 뱀이야
너는 와
뱀이 되었노?"

"우리 아빠가
뱀이라예, 뱀."

촛불

아, 저기
촛불이 있습니다

아, 저기
초가 타서 빛이 됩니다

아, 저기
촛불이 바람에
흔들립니다

아, 저기
초도 빛도 함께
사라지고 없습니다

아, 어디로
가고 말았을까요

아, 저기
초가 눈물을
흘렸습니다

바람이 되거라

거기에
천당과 극락이 없거든
너는 바람이 되거라

자유자재(自由自在)하고
생사(生死)가 없는
바람이 되거라

그리하여
생사(生死)의 고통도 없이
가고 싶은 곳을
가고 싶은 때에
훨훨 날아다니다가

가뭄에는 구름을 몰아 와
비를 뿌려 주고
땀 흘리는 사람 있거든
땀을 말려 주거라

나는 바람이 불 때마다
너를 생각하리니

끝 없이 흐르는
나의 이 슬픈 눈물도
함께 말려 주거라

나도 끝내
바람이 될 때까지

눈 오는 크리스마스 이브 날 아침에

기다려도 내리시지 않더니
내일이 크리스마스라
함박눈 내리십니다.

온 세상 하얀 기쁨 가지라고
온 세상 흰 눈으로 덮습니다.
사랑과 은총으로
축복이 쌓입니다.

하느님,
저 찬송가를 들으십니까?
얼마나 기뻐서 눈물이 다 나옵니까?
얼마나 슬퍼서 눈물이 다 나옵니까?

하느님,
이 세상에서 가장 가난한 사람부터
챙겨 주소서.
이 세상에서 가장 힘없는 사람부터
보호해 주소서.
이 세상에서 가장 속박 받는 사람부터
풀어 주소서.

그리 하고도 은총이 남으시면
내가 사랑하는 사람들에게는
건강과 안전을 주소서.

그리고도 은총이 남으시면 저에게는
원수도 사랑할 수 있는
사랑의 마음을 주소서.

제6부

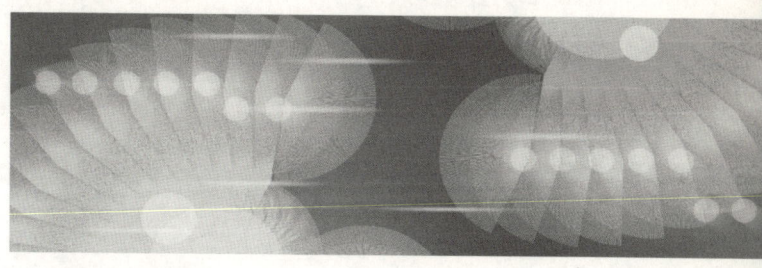

빈 방

빈 까치집

파란 나이의 까치인 듯
암수 두 마리 정답게
오르락 내리락
버드나무 높은 가지 위에
새(新) 집을 짓더니

오늘은
빈 까치집에
찬비가 내리는구나

쳐다보는
사람의 마음도
찬비에 젖어라

허물없는 친구

만나면 서로
다투는 친구가 있다

다투고 헤어져선
또 만난다

또 만나서
또 다툴 때마다
우리는 웃음꽃을
함박꽃처럼 피운다

허물없는 친구들
좋은 친구들

이런 친구 한 사람이
근자에
세상을 떠났다.

빈 방

방안에 아무도 없어도
당신이 놓고 간
모습이 있습니다

방안에 아무도 없어도
당신이 놓고 간
말씀이 있습니다

방안에 아무도 없어도
당신의 눈물 같은
그리움이 있습니다

아름다운 계절은 돌아오는데

돌아왔네
돌아왔네
아름다운 계절이
다시 돌아왔네

뻐꾸기도 돌아왔네
소쩍새도 돌아왔네

그때 그 땅 위에서
그 세월은 흘러가고 없어도
아름다운 그 계절은
다시 돌아왔네

아,
보고픈 사람아
그리운 사람아

그대도 다시 돌아와
이 아름다운 계절을
함께 노래하자

미궁에도 미로가 있다

흐르는 눈물

불러 보고 싶구나, 늘 부르던 너의 이름
보고 싶구나, 늘 웃던 착한 너의 얼굴

올해는 유난히 비가 많은 해,
너의 눈물인 듯, 긴 긴
장맛비 그칠 줄 모르고
나의 흐르는 이 슬픈 눈물도
그침이 없구나

아, 불쌍한 아이야
아, 보고 싶은 아이야

너는 지금
어디에 있느냐?

불러 보고 싶구나, 너의 이름
보고 싶구나, 너의 착한 얼굴

가을에

벌써,
가을인가!

너 보내 놓고
또, 가을이구나!

이렇게 세월이 빨리 흘러가서
몇 해를 흘러가야 너를
다시 볼 수 있을까?

미궁에도 미로가 있다

제7부

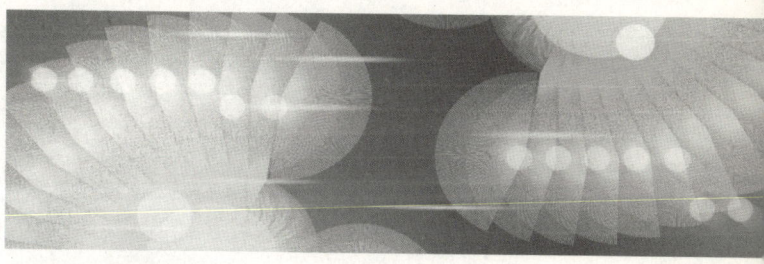

노정

노정(老情)

매화 꽃 핀 나무 위에서
노래하는 까치처럼
어여쁘던 당신이
사막의 타조마냥 변한 듯 보이면
나는 마음 속으로
당신의 거친 손을 꼬옥 잡습니다.

평원(平原)을 달리는 표범처럼
멋지던 내가
아프리카 낙타마냥 늙었다 하여
당신도 나의 손을 떨치지 않는 것처럼.

긴 세월, 모진 풍파 헤쳐 나오며
우리 함께 달려온 이 땅 위에서
서로가 닮아 버린 우리들 모습.

이룩한 것 무엇인가 뒤돌아보아도
아무것도 보이지 않고
남는 건 우리들의 지나온 이야기.
누가 알려 하랴,
고비 고비 뿌려 온 눈물과 땀방울.

이제는 천천히,
저 하늘, 저 태양, 달과 별
준험한 산맥과 떠 가는 흰 구름
흘러 가는 강물, 파도치는 푸른 바다
싱그러운 수풀과 노래하는 짐승들
고마운 사람들과 귀여운 아이들
이 엄청난 모든 것을 뜨겁게 사랑하며
천천히, 천천히 걸어갑시다.

저 멀리 석양(夕陽)이 아름다운
지평선(地平線) 너머
새 세상이 우리를
맞을 때까지.

붕어빵

겨울의 음울한 햇살이
고층 아파트 숲 속을
잠시 머물다 사라지고
도시의 현란한 불빛들이
보석처럼 빛나기 시작하는
저녁답

모임에서 돌아오는
허리도 굽어 버린
늙은 아내가,
하루 종일 홀로
아파트 텅 빈 거실에서
신문을 보다가, TV를 보다가
아파트 길목을 내려다보고 있던
나에게
슬며시 건네 주는
붕어빵 한 봉지

이것은,
내 어릴 적 어느 겨울 저녁에
늦게 돌아오신 우리 엄마가

혼자 기다리던 내 콧물, 눈물
치맛자락으로 닦고는
차갑고 곱은 나의 손에
꼭 쥐어 주시던
국화빵 한 봉지

이것도 인생의
낙(樂)이려니 생각하니
오늘 하루도 결코
헛된 하루가 아니로세

노정(老情)의 탓

2박 3일
여행 떠난 집사람

돌아올 날
기다려지는 것은

아쉬움 탓일까
외로움 탓일까

험한 비탈길 힘겹게
같이 걸어오며 깊어진
노정(老情)의 탓이겠지

아름다운 추상(追想)

황사 자욱한 이른 봄날에
떡갈나무 우거진 수풀 속을
혼자 걸어갈 때

아, 놀람이여
빨간 선혈(鮮血)?

다가가서 다시 보니
진달래 꽃봉오리

아련히 떠오르는
숫처녀의 젖꼭지

진달래 꽃잎처럼
고왔던 사람

우리집 할미꽃

장터에 나가 계신 홀엄마 기다리며
장질부사 열병 앓던
가녀린 여아가
모질게 자라나서

나한테 시집와서 40여 성상도
모질게 살더니
밍크 코트 한 번 입혀 주어 보기도 전에
그만 허리가
굽어 버렸네

각(覺)

이상하다, 오늘은
늙은 아내가

자기 뺨에다 내 뺨을
대어 보라고 한다

난 뭘 모르고
감기열이 있나 하고
대어 보다가

나는 그제사 알아 내었네
수년 전에 내가 잃어 버린 것이
무엇인가를

노인석

지하철을 타면
일반석이 비어 있어도
젊은이를 위하여
노인석에 굳이 앉습니다.

노인석 건너편도 노인석이라
앞을 보면 거울처럼
내가 보입니다.

변치 않은 젊은 마음은 보이지 않고
구겨진 늙은 얼굴만 뿌옇게 보입니다.

우리도 뱀처럼
허물 한 번 벗어 봤으면
얼마나 좋겠어요.

복슬 강아지

아들들은 장가가서 집에 없고
마누라는 딸네 집에 가 버리고

나 혼자
마루에 나와 앉아
지난 날을 생각하니

빈 뜰에 메어 놓은
복슬 강아지 한 마리가
꼬리를 흔들며
제하고 놀자 한다

둥근 달

쓸쓸한 가을 달밤에
하늘을 쳐다보니

둥근 달이
홀로
허공에 떠 있네

외롭지도 않은지
의지할 생각도 없이
홀로
저 넓고 넓은 하늘 가득히
자비의 광명
비추고 있네

속으로는 저 달도
외롭다 생각할까?

나, 이제
외롭지 않네

학춤

오늘같이 따분한 날은
카이사르도 싫고
클레오파트라도 싫다

우리 명월이 불러 내어 詩 한 수 듣고 싶다
나 또한 한 수 읊고는 마음껏 취하고 싶다

"청산리 벽계수야 수이 감을 자랑마라
일도창해하면 돌아오기 어려우니
명월이 만공산하니 쉬어 간들 어떠리"

"그댄 명월이, 난 벽계수면 어떠리
세속의 명리(名利)야 시끄러운 애기들의 울음소리,
품 높은 명월공산에서 쉬어 감만 못하리라

내 투구는 잠시 벽에 걸었노라
그대는 장고치며 노래하라
나 일어나 학처럼 너울너울,
이 밤을 춤추며 새우리라"

가로등

우리는 가로등,
나란히 같이 서서
서로 바라보지요

가까이 가서
조용한 말소리 듣고 싶어도
가지를 못해요

밤을 기다려
서로 눈빛 바라보며
좋아하지요

빈손으로 간다지만

빈손으로 왔다가 빈손으로 간다지만
빈손으로 갈 수만 있다면
그것은 행복한 복귀(復歸)가 아니겠습니까?

부모님은 말할 것도 없습니다
가르쳐 주시고 이끌어 주신 선생님과
병이 날 때마다 생명을 구해 주신 선생님
어려울 때 도와 주신 상사와 부하들
동료와 선후배, 그리고 길가에서 도와 주신
이름 모르는 사람들
사랑하는 처자에 이르기까지
그분들의 도움 없이 어떻게 오늘의 내가 있겠습니까?

그분들로부터 진 빚을
어떻게 다 갚고
빈손으로 갈 수 있겠습니까?

자만심을 다 버리고 난 나는
지금, 너무 무능합니다

미궁에도 미로가 있다

이것만은 버리라 마세요

모두 다 버리라 하셨습니까
감사하는 마음은 버리라 마세요

모두 다 버리라 하셨습니까
사랑하는 마음은 버리라 마세요

모두 다 버리라 하셨습니까
꿈 하나만은 버리라 마세요

내 눈물 흐르게 하고
내 마음 기도하게 하는 것.

노인의 꿈

노인도 꿈을 꿉니다.
서쪽 하늘 곱게 물드는
꿈을 꿉니다.

꿈에는 언제나
서쪽 하늘 보이지만,

흰 달은 높이 떠서
기다리고 있어도
서산 마루 위에, 장엄한 태양은
점점 더 크게만 빛나고
하늘이 황금 빛으로 곱게 물드는
꿈을 꿉니다.

꿈이라 하지만, 너무나 아름다워서
꿈을 꿀 때마다 그만큼
젊어집니다.

미궁에도 미로가 있다

나의 그림

내가 평생을 그려 오는
한 폭의 그림이 있다

내가 죽을 때
이 그림은 완성이 된다

나 말고 누가
이 그림을 봐 줄까마는

마지막에 혹여
이 그림을 망칠까 봐

오늘 아침도
기도를 한다

제8부

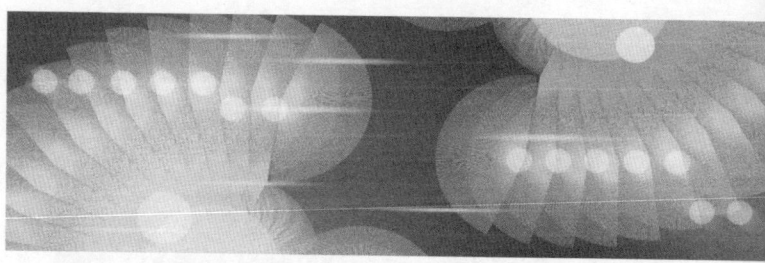

거수경례

육사 졸업을 축하함

둥, 둥
둥, 둥
북이 울린다

힘차게 나아가라
함성과 함께

광야의 표범처럼
청공(靑空)의 독수리처럼

용광로 불 속에서
문무(文武)로 기른 힘
당할 자 누구리

적군(敵軍)은 항복하라
불의(不義)는 물러가라
둥, 둥
둥, 둥
육사의 행진이다
졸업생의 출정이다

앞장을 서라, 앞장을 서라
둥, 둥
둥, 둥
모두들 따라서 가리니
침략자는 기필코 격멸하고
나라와 정의(正義)를 몸보다 사랑하라

역사는 말하리라, 육사인(陸士人)의 이야기를!
둥, 둥
둥, 둥
더 높이 울려라
꽃을 뿌려라

북극성(北極星)

길 가는 나그네여, 北極星을 아는가?
그대 길 잃고 방황할 땐 北極星을 바라보아라.
그대는 옳은 길을 찾으리라.

길 가는 나그네여, 北極星이
어디서 잘 보이는지 아는가?
기차를 타고 화랑대로 가 보아라.

불그스레한 얼굴빛이 그의 潛在된 情熱을 나타내고 있는지도 몰랐다. 잠자는 사자라고나 할까 말수가 적은 그였지만 한번 演壇에 올라 외치는 雄辯은 全生徒의 갈채와 共感을 한몸에 받아들여 榮光의 入賞까지 하기도 했다.
잘 웃으면서도 때때로 深刻해지는 버릇이 있었다. 그러한 그에게는 한때 럭비선수의 관록도 있었지만 最高 學年이 되자 남모를 想念에 잠긴듯 남의 눈에 안 띄었다. 그것은 自己生活에 더욱 充實해져 갔기때문이었으리라. 남 앞에서 나를 내세우는 일이 없는 그는 누구에게나 겸손으로 對해 주곤 했다.

육사 졸업 앨범에서 필자

생도 명예위원회 위원(뒷줄 우측에서 네번째가 저자)

1차 중대장 생도(우측 첫번째가 저자)

미궁에도 미로가 있다

봄이 오면

나는 가고 싶네 전선(戰線)으로
봄이 오면 나는 가려 하네

가서,
적(敵)을 향해 잘 거치된 포구(砲口)를 보려네
장병(將兵)들의 구리빛 얼굴과 빛나는 눈빛을 보려네
활기찬 기상나팔, 우렁찬 군가 소리, 가슴 뿌듯이 듣고 싶네
지축을 흔드는 전차(戰車)소리와 하늘을 가르는 비행음도 듣고 싶네
모진 겨울 이겨낸 고마운 장병들과 악수를 하고
언제나 주머니는 털털이지만
'충성'과 '필승'만을 외쳐대는 멋진 사나이들과 인사를 하고 싶네

반세기(半世紀) 나라 지켜 용을 만들고
그 위에 민주의 씨앗, 꽃을 피웠으니
더러는 멍들고
더러는 뼈를 깎는 아픔이 있어도
그때마다 새로워지는, 장하도다 우리 국군(國軍)!

아, 비바람이 불어도, 눈보라가 때려도
결코 흔들릴 수 없는 이 나라의 간성(干城)이여, 정신(精神)이여
당당(堂堂)하여라, 자랑스런 군인(軍人)들아!

나는 가서 인사하려네
막사 앞 개나리 진달래도 예처럼 만발하고
사격장 총포(銃砲) 소리 더 높이 울려 퍼지는
전방(前方) 산기슭에 새봄이 찾아가면.

미궁에도 미로가 있다

수색대와 멍멍개

어스름 달밤에
짖지 말라, 멍멍개!
우리는 호국일념(護國一念)
명예로운 수색대!

조국(祖國) 위한 영령들이
소쩍새로 우는 산골

공비들 지레 알고, 다시 한 번
이 마을 불사르면

공든 탑 재가 되고
어린이들 어이하리

짖지 말라, 멍멍개!
우리는 호국일념
명예(名譽)로운 수색대!

잊지 못하는 노래

월남 땅
방카 속
희미한 등불 아래,
"에델바이스, 에델바이스…"
부르던 그 노래.

귀국하는 병사의 송별의 자리,
김 병장도 일어나 노래 한 곡 불렀었지.
자기도 이다음 작전 끝나면 귀국한다며
외로우신 홀엄마 기다리고 계신다며
사랑하는 소녀도 만날 수 있다며
희미한 등불 바라보며 나직이 불렀었지.
소녀가 좋아한다던 그 노래
"에델바이스, 에델바이스…"

그러나, 그 작전 이기고 돌아올 적에
적탄 한 발이 그를 잠들게 했지.
그는 태극기에 덮여 꿈을 꾸었지.
홀엄마도 만나고 소녀도 만나서
애절하게도 서로를 어루만지며
울고 또 울었지.

미궁에도 미로가 있다

장글엔 비 또 내리고
나 또한 울고 말았지.

세상이 바뀌고 세월이 흐를수록
나는 잊지를 못하네,
"에델바이스, 에델바이스…"
부르던 그 노래.

장대비

무더운 장마통에, 장대비
세차게 쏟아진다.

구름이 산정(山頂)을 덮어,
앞에 가져와도 나의 손가락
보이지 않던 캄캄한 여름밤,
중부전선(中部戰線) OO GP에
장대비가 쏟아져 내렸다.
천둥 번개가 밤새도록
하늘을 찢으며 내려와 폭발했다.

적(敵)과 어깨를 부딪치며 순찰하던
군사분계선(軍事分界線)은 불과 300여 미터 전방,
인접 GP도 머얼리 빗속에 잠기고
망망대해(茫茫大海), 고립무언의 목선(木船) 같은, OO GP
토막사(土幕舍)

마침내 벼락이
철조망 철주를 내리쳤다.
달려 있던 수류탄이 터지고
땅덩어리가 부서져 내렸다.

몇 명의 병사(兵士)들과 한 육군 소위(陸軍少尉)의 얼굴을
빗줄기가 때리고 때렸다.

오늘,
노병(老兵)의 아파트 창 밖에
장대비 쏟아져 내리니,
어제처럼 떠오르는
그때의 패기,
그때의 젊음,
아, 나만이 아는 지난 날의 나의 행복이여!
오늘도 거기,
그때처럼 장대비
쏟아져 내릴까?

하일상(夏日想)

아스팔트 달아서 녹는
뜨거운 여름날에는
한 줄기의 시원한
소나기가 되고 싶다.

용광로 불길 같은 야지(野地)의 열사(熱射),
장병들이 땀 흘리며 강훈련(强訓練)을 하다가
기진맥진하여 쓰러지려 할 때
온몸에 쏴-하고 쏟아져 내려

진짜 애국자, 우리 장병들
시퍼렇던 활기 되찾게 하고 싶다.

그땐 부자였습니다

피 묻은 야전에서
건빵 한 봉지로 끼니를 때우고
수통의 물, 전우와 나누어 마시던
그땐 부자였습니다

전투복으로 사복, 예복 대신하고
구멍이 뻥뻥 뚫어진 루삥 지붕 방 안에
아내와 갓난아기 눕혀 놓고
고지(高地)에서 내려가지 않던
그땐 부자였습니다

결식미로 남편 도시락 싸고 나면
자기는 점심을 참아 넘기고,
가방 몇 개 간편히 가지고
수없이 이사 다니던 내 아내도
그땐 부자였습니다

나라를 지킨다는 그 보람 하나로
나라를 지킨다는 그 명예 하나로
그땐 부자였습니다

대광리 문간방

먼 옛날, 대광리
최전방(最前方) 산골 마을,
찌그러진 문간방 하나 얻어
전재산(全財産), 가방에 담아 윗목에 놓고
군복(軍服) 한 벌 단정히
동쪽 벽에 걸었다.

엄동설한, 차디찬 밤
처마를 달아내어 만든 부엌엔
하얀 남비 하나, 삭풍에
떨고 있었다.

틈새로 스며든 군불 연기 아직
방안에 자욱하고
가녀린 새색시의 하얀 고무신 한 켤레,
이사 온 첫날 밤을 혼자서
허술한 방문 앞을
지키고 있었다.

전차(戰車)의 바퀴 소리 요란하게 지나간 후,
얼어 붙은 휴전선의 한밤은 깊어만 가는데

어디선가 멀리서 포성(砲聲)이 울려 오고
적군의 확성기 소린 더욱 가깝게 들려 와
캄캄한 방 안, 무서워
젖 먹던 아이가 소리내어 울 때에

아, 나는 어찌하여 이제야 듣는가?
그 가냘프게 부르던 당신의
자장가 소리를!

사창리 계곡

깊은 계곡 얼음물에 빨래하는 새아씨야,
그대도 군인의 아내인가 묻고 싶구나.

내 젊은 날, 철모 쓰고 이곳을 지날 때
그대처럼 어여쁜 아내가 빨래를 했었지.
옆에 놀던 아이가 "아빠" 하고 불렀지.

군인(軍人)이 좋아서
군인한테 시집왔다는
아프도록 여린 가난한 아내가
시린 손을 호호 불며
빨래를 했었지.

아직은 모르리라, 아리따운 그대여!
아, 그때가 행복,
그것이 사랑인 것을.

찬비

낙엽이 우수수 떨어지며
가을 저녁 등산길에
찬비가 내리네

휴전선 철책에도
이 비가 내리면
순찰로 누운 풀잎도
찬비에 젖겠지

이번 비 가고 나면
GOP(지오피) 물가엔 살얼음 얼고
전방 고지 높은 데선
눈꽃도 보겠네

철통 같은 동계작전 준비에
우리 장병들 바쁘지 않겠나?

아, 잘 있어다오
나의 고향아!

첫눈

벌써
전방 고지에
첫눈이 왔단다

내 젊음 다 바쳐
긴 세월 지켰던
그 전방 고지에
첫눈이 왔단다

휴전선 너머
접근로에도
그때처럼 하얗게
흰 눈 덮였으리

나 하나만의 욕망을 따라
일상(日常)을 보내는 동안
어느덧 전방 고지에
첫눈이 왔단다

미궁에도 미로가 있다

바깥이 추운 밤

겨울 날씨가 풀리는가 했더니
매서운 추위가 다시 몰아닥쳐
모처럼 나갔다가
동동걸음으로 집에 돌아오니

늙은 아내가 옛날처럼
된장 찌개 끓여 놓고
기다리고 있네요

방안은 따뜻하건만
바깥은 매섭게 추운 밤,
저 휴전선 고지에선
초병(哨兵)의 손발이
빨갛게 얼겠어요

노송(老松)

흰 눈 덮인 바위산 산마루에
노송(老松)들 우뚝, 우뚝 서 있다

늘 푸른 전투복(戰鬪服) 입고서
철갑(鐵甲)을 두른 듯,
기마(騎馬)한 장수처럼
당당히 서 있다.

준엄(峻嚴)한 저 모습과
무서운 저 안광(眼光)은
무인(武人)의 꼿꼿한 지조(志操)의 표양(表樣),
이 추운 겨울날도 시퍼렇게 서 있다.

호시절(好時節) 봄날엔 꽃잎에 취하고
결실(結實)의 가을날엔 단풍에 취하여
그대들 아무도 눈여겨 보지 않던 날도
무거운 사명(使命), 흔들리지 아니 하고
오히려 높은 뜻, 굳건히 다져 왔기에
차가운 삭풍, 휘몰아치는 날에
더 높이 쳐다뵈는
장엄한 그 모습,

이 노병(老兵)의 귀감일레라.

미궁에도 미로가 있다

산 너머 산이라 해도

자랑스런 육사 14기가 되자

산 너머 산이라 해도
우리들은 가던 길을
가야만 한다.

이미 우리가 군복을 벗었다 해도
화랑대에서 처음 맹세했던
파사현정(破邪顯正), 그 길을 따라
가던 길을 가야만 한다.

산 너머 산이라 해도
자유, 민주, 통일, 그곳을 향해
가던 길을 가야만 한다.

지금 우리가 하는 일이 서로 다르다 해도
정신과 마음은 처음 그대로
높고 푸르른 그 길을 따라
가던 길을 가야만 한다.

혹여 우리가 큰 집에 산다고 해도
혹여 우리가 큰 차를 탄다고 해도
혹여 우리의 지위가 높다고 해도

그것이 우리의 자랑일 수 없다.

어떻게 살았느냐가
우리의 자랑이어야 한다.

몇 사람이 낙오를 했다 해서
세상이 우리를 외면한다 해서
우리의 걸음을 멈출 수는 없다.
세상의 걱정하는 저 소리 들리지 않는가?

가자!
산 너머 산이라 해도
우리가 처음 맹세했던
파사현정의 그 길을 따라
험난한 정의의 그 길을 따라
자유, 민주, 통일, 그곳을 향하여
우리 함께 끝까지
가던 길을 걸어가 보자.

가다가 쓰러지면
계급과 지위보다 자랑스럽게

'육사 14기'라고 크게
우리들의 묘비에
기록하게 하자.

노병(老兵)의 꿈

노병은 밤마다
꿈을 꾼다.

맹호보다 굳세어도 별빛보다 순수하고
눈물이 나오도록 고마운 충성스런 국군들과
사계(射界) 좋은 고지(高地)에서 작전(作戰)을 한다.

재산이라곤 군복 두어 벌에
호국심과 충성심

임무완수(任務完遂) 하나에
목숨을 걸고

"잘 했어" 한 마디에
하늘을 찌르는

그 크고 당당한 간성(干城)의 자리

노병은 꿈마다
군복을 입는다.

미궁에도 미로가 있다

나의 군(軍) 생활

나에게도 자랑스런 발자국이 있다.
너무나 작은 발자국이다.
그러나, 성실하게 걸어왔기에
나에게는 참으로 소중한 발자국이다.
나는 이 소중한 발자국이
그냥 묻혀 버리는 것이 싫다.
그리하여, 이것을
이 작은 시집 속에 간직하려 한다.

*대한민국 육군사관학교 14기로 졸업
  - '럭비' 학교 대표 선수 팀
  - 교내 웅변대회 입상
  - 1차 중대장 생도
  - 생도 명예위원회 위원(생도 퇴교 심사)

*비무장 지대내 소초장 근무(사단수색중대 소대장)
  - 매일 인민군을 대하며 근무

*육군 정보학교 교관
  - 미 태평양지구 정보교 수료 후 귀국
  - 결혼

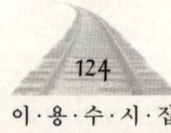

*연대 전투지원 중대장
 - 중화기 중대장 임기중 발탁 영전

*사단 작전처 작전과장
 - 연대 전투지원 중대장 임기중 발탁 영전

*육군사관학교 생도대 훈육관
 - 사단 작전처 작전과장 보직 3 개월만에 발탁

*사단 작전참모 보좌관
 - 연대 작전주임에서 사단장에게 발탁
 - 작전참모 공석 약 3 개월간 참모 대리 근무
 - 한신 1군 사령관 초도방문시 찬사

*파월 백마부대 29연대 작전참모
 - 박쥐 25호, 26호 작전(연대 독립작전) 및
   독수리 작전(사단 작전) 수행
 - 화랑무공훈장 수훈

*공수 특전부대 대대장
 - 특전사 예하 태권도 유단자 최다 보유 대대

미궁에도 미로가 있다

- 특전사 전 대대 대항 태권도 시합시 1위
- 여단 교육 훈련 최우수 부대
- 지리산 지역, 대대 독립 훈련 시, 최초로 24 시간 연속
  행군 실시로, 특전사의 천리행군 시행의 동인 제공
- 국군의 날, 태권도 시범의 주도
- 수도권 방위 훈련시, 대항군 임무 100% 성공

*사단 작전참모
- 제 1 땅굴 발견
- 대통령 부대표창 수상
- 지휘검열 우수부대 표창 수상
- 대통령 부대방문시, 브리핑 내용 및 요령 극찬,
  군 사령관의 예하부대에 참고 지시, 군 작전참모 견학.
  사단장의 격려 만찬시에 전 참모의 기립박수 받음.
- 보국훈장 삼일장 받음.

*사단 참모장
- 사단 기동훈련 성공, 부대표창 수상

*연대장
- 태권도 훈련 강화, 유단자(국기원 단증 수여)

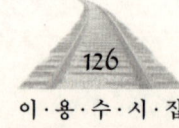

1000 명 이상 확보(전군 최다 보유 연대 추정)
- 군사령부 위생검열 연대급 최우수 부대 연 2회 수상

*합참 작전기획국 차장
- 수도방위계획 수립 참여, 대통령 표창 수상

*동원 사단장(훈련단장)
- 전 사단 동원능력 시험 최초로 실시(국방장관 특별지시)
  손가락 하나 다친 사고도 없었고, 말썽부린 예비군 한
  사람없었으며 계획 실시에 한 건의 차질도 없었음.
  강평관 : "눈물이 나오도록 잘 했다"
- 육군 소장으로 진급

*육군 소장으로 예편
- 육본 동원참모부 차장(보국훈장 천수장 수상)
- 군단 부군단장
- 상부 인사정책에 의하여 강제 예편됨.

거수경례

고개는 숙이지 않는다.
존경할 때도
복종할 때도
고개는 숙이지 않는다.

고개 숙여 아첨하지 않는다.
고개 숙여 비굴하지 않는다.

하늘보다 높은 사람 앞에서도
범보다 무서운 사람 앞에서도
고개는 숙이지 아니 한다.

승자(勝者)도
패자(敗者)도
고개는 숙이지 않는다.

빈곤에 시달려도
죽음 앞에 직면해도
고개는 숙이지 아니 한다.

오직, 조국을 위해, 임무를 위해

목숨을 바칠 뿐.

오! 고절(高絶)한 군인(軍人)의 멋이여!

조국 수호 발전(祖國守護發展)에 그대들이 있었구나.
난국(難局)이 매섭게 온다 하여도 그대들이 있구나.

제9부

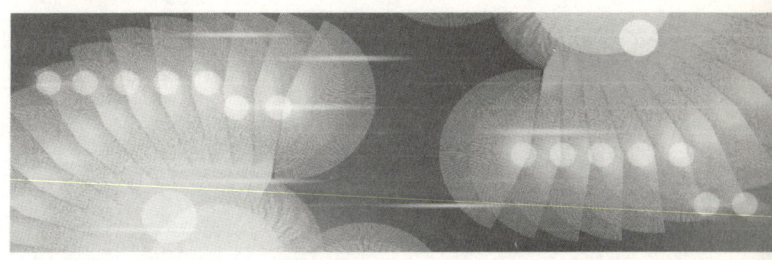

우리의 통일

러시아워

차들이
열두 차선 차도를 꽉 메우고
달리지도 못하고
가다가 서고
가다가 서고

전철역 계단을
사람들 때문에
내려갈 수가 없다

나는 짜증낼 수 없다

일본 이름을 가슴에 달고
돼지우리 같은 초가 지붕 밑에서
보릿고개를 넘기던
일제 시대 생각하고

도시는 잿더미가 되고
UN군이 먹고 남은 음식물 찌꺼기를
꿀꿀이죽이라 하며 사 먹던
6 · 25 때를 생각하고

IMF 때도 생각을 한다

젊은 사람들이여,
이제 여러분들이 이 나라의
주역이 되었느니라

절대로 뒤로는 가지 말자
내일은 오늘보다 잘 살아야 한다

잘 나갈 땐 조심조심,
어려울 땐 힘차게,
뻗어 앞으로 나아가라

감성보다 이성을 앞세우고
이상을 추구하되 현실을 외면 말고
무엇이
우리 모두에게 해롭고
무엇이
우리 모두에게 이로운가를
생각하고 행동하라

미궁에도 미로가 있다

아, 자유대한!
저 자유로운
사람들의 물결!

아, 동방의 밝은 빛, 코리아!
뻗어 나아가라!
세계 평화와 번영의
주역이 되라!

가랑잎

퇴색하여
생명도 없이
나뭇가지에 매달려
칼날 같은 설한(雪寒)도
겨우내 견뎌 내더니

봄비 내리고 봄바람 부는데
어이하여 힘없이 땅바닥에
떨어져 내리느뇨?

아, 애틋함이여

아, 기쁨이여

이리하여
우리의 희망처럼 새싹이 돋아나고
우리의 높은 기상처럼 수풀은 푸르러
우리가 다 함께
찬란한 계절을
맞이하려 함이뇨!

미궁에도 미로가 있다

뱃사공

뱃사공이
노를 잘 저어야
배에 탄 사람들이 무사히
강을 건너갈 수 있습니다
강물이 거셀수록
더욱 그렇습니다

그런데,
배에 탄 사람들도
힘을 모아 주어야
사공이 노를 잘 젓습니다
물살이 거셀수록
더욱 그렇습니다

이·용·수·시·집

도량(度量)과 지혜

기분 나쁜 소릴 해서
아군도 적으로 만들 수 있고

기분 좋은 소릴 해서
적도 아군으로 만들 수 있습니다.

적을 아군으로 만들 수 있는
도량(度量)과 지혜는
어떤 보검(寶劍)보다도 월등히 낫습니다.

우회작전(迂廻作戰)

대부분의 사람들이
목표(目標)를 향해 등산을 할 때
높은 바위나 험한 벼랑은
피하여 돌아서 올라갑니다.

정치도
전쟁도
인생길도
이와 마찬가지랍니다.
돌아서 가면 훨씬 쉽고
또 빨리 갈 수 있을 때가
흔히 있답니다.

가다가 어려우면
'마지노선'을 우회했듯이
우회하여 가 보세요.

국군묘지에서

나는 듣나니, 국군묘지에서
빗발처럼 날아오가는 총탄의 소리
우박처럼 쏟아져 내려 터지는
포탄의 폭발음

누가 겁내지 않으리오
누가 목숨 아깝지 않으리오

용감했던 우리 호국영령들,
그 무서운 탄우(彈雨) 속에서
그 귀한 목숨 바쳐
나라를 지켜 주셨네
자유를 지켜 주셨네

살았으면
대통령도 되고 남을
그 애국심과 충성심으로
그 귀한 목숨
나라 위해 바치셨네
자유 위해 바치셨네

님들의 희생으로
오늘의 우리가 번영함이라
숙연히 고개를 숙이나니
님들이시여,
조국의 별이 되어
길이길이 조국의 번영
지켜 주소서.

제 3땅굴

우리가 평화통일의 염원을 안고
'통일로'와 '자유로'를 열어
임진강을 건너가 보지만

우리가 만나는 것은 크고 긴 괴물 하나뿐,
이름하여 제 3땅굴,
목구멍 크게 벌린 채
땅 속 깊숙이 숨어 있다.

그 큰 목구멍으로
수많은 인민군 특수부대가
별들도 곤히 잠든 한밤에 몰래
6 · 25보다 더 무서운
또 한 번의 동족 살육을 위하여
무서운 속도로 뛰어 나오게 되어 있는
끔찍한 지하 남침 땅굴!

이것은 명백한, 재침의도(再侵意圖)의 표현(表現)!

또 수없이 많은 죄 없는 시체들이
온 산과 들에서 생선 썩는 냄새로
뒹굴어야 하겠는가?

미궁에도 미로가 있다

공장은 다 부서지고 경제는 목숨을 잃어,
생각만 하여도 몸서리쳐지는 저 6·25 때
미군의 버린 잔반을 꿀꿀이죽이라 사 먹던
그 시대로 다시 되돌아가야 하겠는가?

그리하여,
피로 쟁취한 자유는 박탈되고
한 사람의 독재자를 위하여
한 무리의 정치적 야욕을 위하여
온 백성들이 굶어 죽어 가야 하겠는가?
모든 세계인들로부터
'테러국' 이니 '악의 축' 이니 하는 소릴
시끄럽게 들어가며 살아가야 하겠는가?

'여기는 관광지가 아닙니다'
표지판 하나가 외로이 서서
힘차게 외치고 있다.

사람들아,
생각하고 또 생각해 보자
저 외침의 큰 소리를!

전쟁기념관에서 '형제의 상' 바라보며

인민군 전사들이여,
그대들 상전이 혹여
전쟁을 벌이거든
그때를 기회 삼아
독재자의 굴레를 벗고
국군의 품에 안겨라
'저 형제의 상' 처럼

그대들은 용서받으리라
그리고 그대들은 알게 되리라
자유가 얼마나 귀중한 것인가를
인권이 얼마나 소중한 것인가를
진정한 평등이 무엇인가를

오라,
무기는 버리고
지금 오라
국군의 품으로
자유 대한민국의 품으로

그리하여

우리, 같은 배달민족, 힘을 합쳐
빛나는 통일한국 이루어
세계 평화의 주역이 되자
동방의 밝은 빛이 되자

BMNT, 해상박명초

희미하게 밝아 오는 새벽녘

잠시 후엔 아침해가 불끈 솟아올라
온 천지(天地)는 밝게 빛날 것입니다만

아직은 사방이 어두운 시간

침공자(侵攻者)는 밤새
살금살금 다가와서는
왈칵 덤벼드는 공격개시시간(攻擊開始時間)

아, 우리는
잊을 수 없습니다
저 6·25의 새벽을!

북한 응원단을 보내며

2003 대구 U대회를 마치고

6 · 25 때는 탱크로 쳐부수고
이번에는 핵으로 때려부셔
서울을 불바다로 만들고
평양은 피바다가 되어
北도
南도
시체와 잿더미로 하나 되는
이런 통일,

南의 친북 사람들로 하여
南의 自由人 수백만을 처형케 한 다음
그 친북 사람들도 처형 잘못의 책임을 물어
모두 처형하고 나면
北도 주체사상
南도 주체사상
北도 自由 없고
南도 自由 없는
北과 南이 하나 되는
이런 통일,

北도 데모할 생각 못 하고

南도 데모할 생각 못 하고
北도 파업 없고
南도 파업 없는
北과 南이 하나 되는
이런 통일,

北도 노동신문 하나뿐
南도 노동신문 하나뿐
北도 세습독재
南도 세습독재
北도 인권 없고
南도 인권 없고
北도 굶주리고
南도 굶주리는
北과 南이 하나 되는
이런 통일,

"우리는 하나, 우리는 하나
통일, 통일" 수없이 외치던
북한의 응원단 미녀들아,
그대들은 이런 통일 좋아하는가?

미궁에도 미로가 있다

이런 통일 어서 와야 하는가?

내 젊을 때 이웃집 처녀같이
정이 가는 사람들아,
평양에 가거들랑
생각 좀 해 보소.

우리의 통일

우리는 배달의 한 민족이요
우리 모두는 한 핏줄이라
우리는 꼭 통일을 이루어야 합니다

그래서
우리의 소원은 통일이요
우리의 염원도
우리의 숙원도
통일입니다

그런데, 또한
자유는 우리의 생명이요
민주는 우리의 신념이며
평화는 우리의 지상명령 아닙니까

따라서
우리의 통일은 기필코
평화통일이어야 하며
통일 한국은 결사코
自由民主主義 共和國이어야 합니다.

미궁에도 미로가 있다

새해의 희망

새해에는
잘만 하면

미국의 부시 대통령
한국의 노무현 대통령
북한의 김정일 위원장이

노벨 평화상을
공동수상하겠네

그러기 위해선
김정일 위원장이
좀 세게 나왔다가
들어가야 하겠지

어쨌든
祖國의 平和를 위하여
나는
이를 동의(動議)합니다.

-새해 아침에-

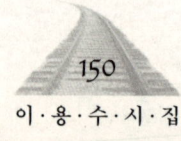

이용수 시집

미궁에도 미로가 있다

•

지은이 / 이용수
펴낸이 / 김재엽
펴낸곳 / 한누리미디어

•

100-845, 서울시 중구 을지로 2가 148-73
신화빌딩 401호
전화 / (02)2278-4513, 2268-4514
팩스 / (02)2268-4524

•

등록 / 제16-467호(1993. 11. 4)

•

초판발행일 / 2003년 11월 15일

•

ⓒ 2003 이용수 Printed in KOREA

•

값 6,000원

E-mail/hannury2003@hanmail.net

※잘못된 책은 바꿔드립니다.
※저자와의 협약으로 인지는 생략합니다.

ISBN 89-7969-236-6 03810